Tríona Ní Chinnéide agus Annie West

Do

Ava, Jaimie agus Jessie

Bhí Toby ina chodladh taobh amuigh den chúldoras.
Ar ball dhúisgh sé agus d’fhéach sé thart.
Síos leis go dtí an gairdín.

Agus cé a bheadh thíos sa ghairdín ach a chara,
Gus an Ghráinneog...
"Muise, Toby, a chara, bhfuil tú go maith?" arsa Gus.
"Tá mé ceart go leor, a Ghus, ach tá ocras orm arís."
"Bíonn ocras ortsa i gcónaí,' arsa Gus agus é ag gáire.
"Ach ná bí buartha. Cabhróidh mise leat."

Leis sin, rith smaoineamh leis an nGráinneog!
"Nach mbíonn cnámh i gcónaí agat sa ghairdín?" ar seisean.
"Ó, bíonn," arsa Toby, "ach..."
"Ach céard?"
"Ní cuimhin liom cén áit inar chuir mé i bhfolach í,"
arsa Toby go brónach.
"Hmm, dona go leor," arsa Gus.
"Ach ná bí buartha, déanfaimid í a chuardach."

D'fhéach siad anseo agus d'fhéach siad ansiúd.
D'fhéach siad thall agus d'fhéach siad abhus.
Chuardaigh siad chuile áit beo ach…
…níor tháinig siad ar aon chnámh.

TOBY

Go tobann, lig Gus scréach as.
“Féach, a Toby, rud éigin bán!
An é sin do chnámh, meas tú?”
Rith Toby anonn go dtí an claí ach
ní raibh ann ach seanphéire bróg!!
“Pfiú!!” arsa Toby agus strainc air.
“Níor mhaith liom iad sin a bhlaiseadh
– tá siad bréan brocach!”

Ar aghaidh leo arís ag cuardach sna crainn,
faoi na sceacha agus i ngach aon áit.
Bhí Gus i gcúinne den gháirdín nuair a lig sé scairt eile as.
"Féach, féach," ar seisean, "rud éigin bán.
B'fhéidir gurb é sin do chnámh?"
Rith Toby chuig an áit ach
ní raibh ann ach seanphíosa páipéir
"Ugh! Níor mhaith liom é sin a bhlaiseadh!
Tá sé fliuch salach!" arsa Toby.

Toby bocht. Bhí an-ocras air anois.

Ar aghaidh leo arís agus iad ag cuardach...

faoi na crainn...

sna bláthanna...

agus ar chúl na seideach.

Ar ball, stop Gus in aice le sceach.
“Féach, a Toby!” ar seisean go tobann.
Bhí rud éigin bán ina luí faoin sceach.
Rith Toby go dtí an sceach agus d’fhéach sé isteach fuithi.
Ach ní raibh ann ach seanstoca!
“Pfiú!” ar seisean.
“Níor mhaith liom an rud salach sin a ithe.
Tá sé bréan brocach!!”

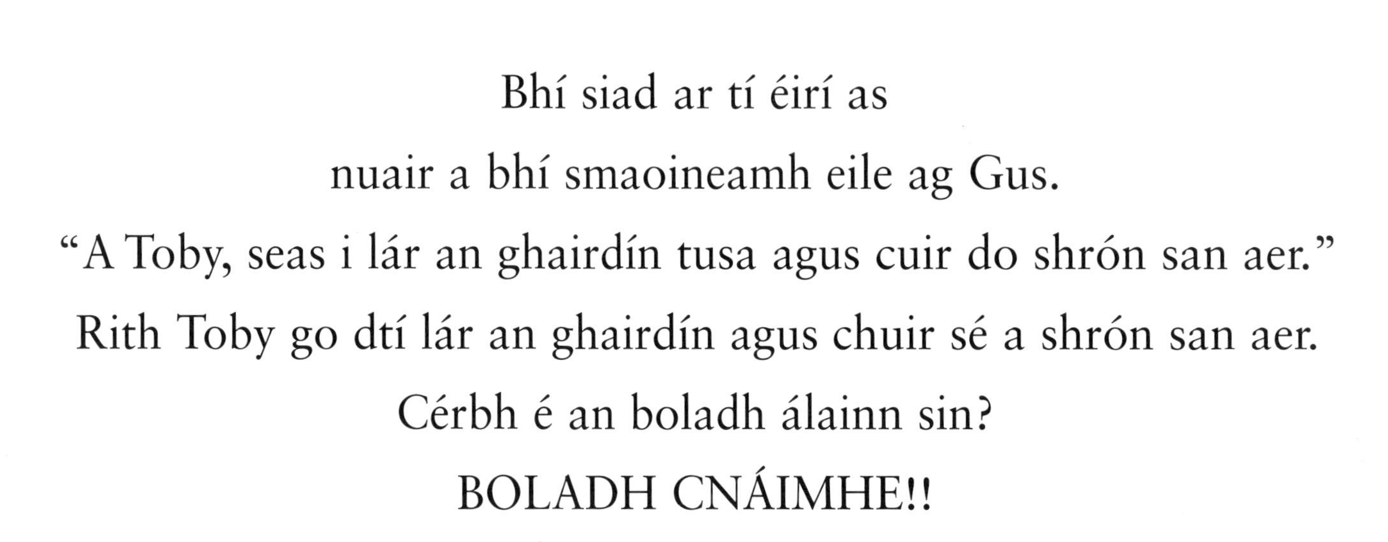

Bhí siad ar tí éirí as
nuair a bhí smaoineamh eile ag Gus.
"A Toby, seas i lár an ghairdín tusa agus cuir do shrón san aer."
Rith Toby go dtí lár an ghairdín agus chuir sé a shrón san aer.
Cérbh é an boladh álainn sin?
BOLADH CNÁIMHE!!

Lean sé a shrón agus an boladh…
síos an cosán beag in aice na seideach…
…go dtí cloch mhór.
Bingó!! Faoin gcloch mhór a bhí sí!!!

Thochail sé faoin gcloch agus chonaic sé rud éigin bán
agus boladh álainn as.
Nach é Toby a bhí sásta leis féin!
"Mmm!" ar seisean.
"Féach, a Ghus. Fíórchnámh atá ann!"
"Go hiontach!" arsa Gus.
"Go hiontach ar fad!"

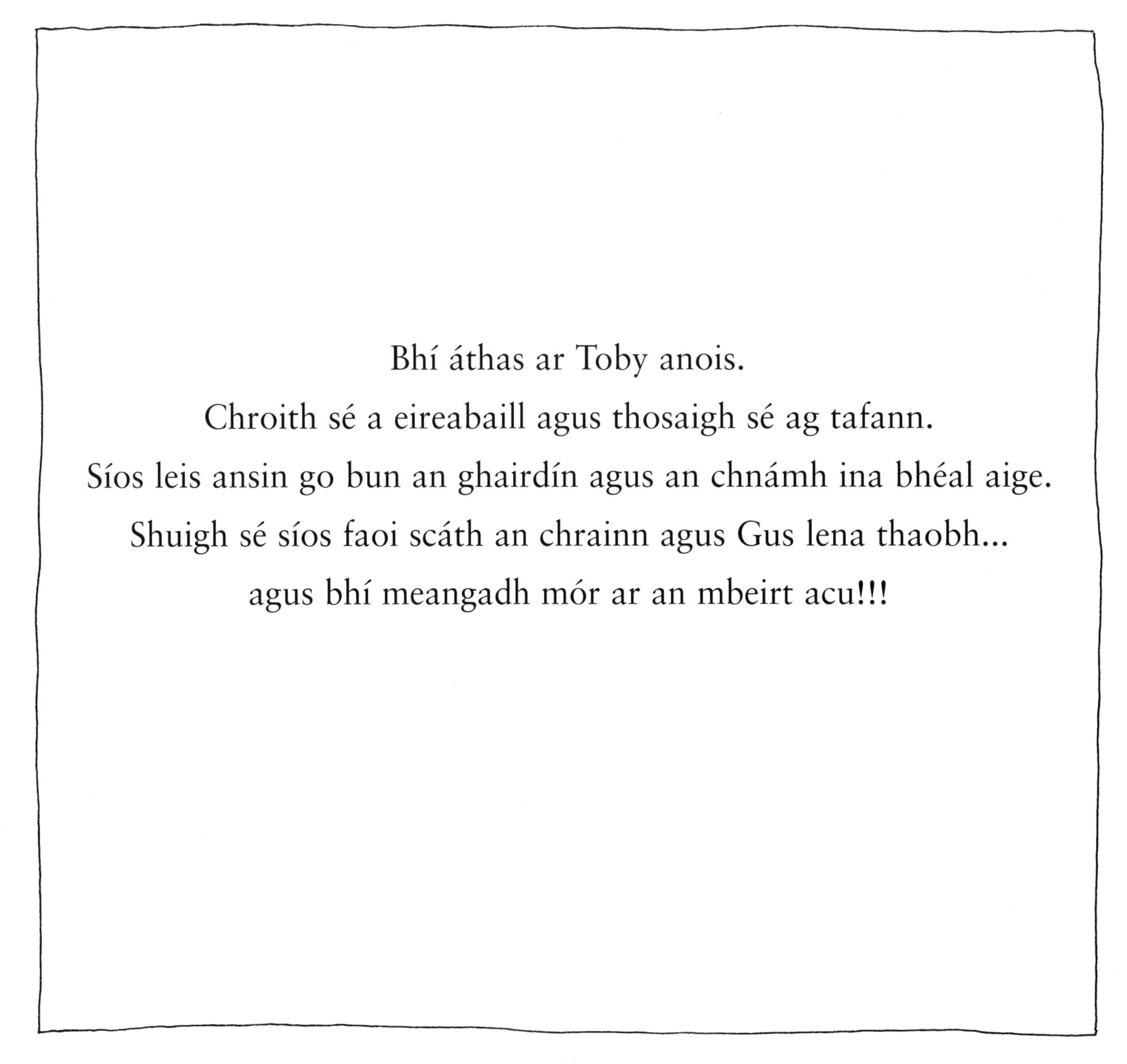

Bhí áthas ar Toby anois.

Chroith sé a eireabaill agus thosaigh sé ag tafann.

Síos leis ansin go bun an ghairdín agus an chnámh ina bhéal aige.

Shuigh sé síos faoi scáth an chrainn agus Gus lena thaobh...

agus bhí meangadh mór ar an mbeirt acu!!!

Foilsithe ag Cló Mhaigh Eo,
Clár Chlainne Mhuiris,
Co. Mhaigh Eo,
Éire.
www.leabhar.com
094-9371744

ISBN 978-1-899922-44-4

Dearadh: raydes@iol.ie
Clóbhuailte in Éirinn ag Clódóirí Lurgan Teo.

Faigheann Cló Mhaigh Eo cabhair ó Bhord na Leabhar Gaeilge.

Bord na
Leabhar
Gaeilge